ETRENNES
POÉTIQUES ET MORALES,

PAR UNE CITOYENNE;

DÉDIÉES

A LA CONVENTION NATIONALE.

Pour l'an IIme. de la République. Ère vulgaire 1793 et 1794.

Prix, 25 sols.

A PARIS,

Chez l'auteur, boulevart Montmartre, N°. 541.
Et chez RAIMOND, et VILLIER, Libraires, quai des Augustins, N°. 41.

AN DEUXIÈME DE LA RÉPUBLIQUE.

On trouve chez les mêmes libraires :

Œuvres de Rousseau, 37 vol. in-18, caractère de Didot, 90 liv.

Œuvres de Machiavel, 8 vol. in-8°., 35 liv.

AVIS AU LECTEUR.

SI mes vers ont l'accent du cœur,
S'ils peignent tout ce qu'il m'inspire,
S'ils t'intéressent, cher lecteur,
Et que tu daignes y sourire,
Qu'ils ont de prix pour son auteur!
Hélas! si j'avais le talent
Ou de DORAT ou de VOLTAIRE,
Je pourrais prétendre à te plaire,
Ou t'amuser en écrivant;
Mais j'écris comme le vulgaire,
Sans recherche, sans ornement,
Et je ne suis qu'une sensible mère,
A qui le sort assurément
Ne dût pas être aussi contraire.

ÉPITRE DÉDICATOIRE.

Du soleil les traits bienfaisans
Font naître par leur influence
Le plaisir dans les cœurs, le bonheur dans les champs ;
Vous êtes aujourd'hui le soleil de la France,
Et cette vérité frappe jusqu'aux enfans.

ENVOI DE L'ALMANACK

A LA

CONVENTION NATIONALE.

De petits dons bornent mes facultés ;
Mais n'aurais-je pas l'avantage
De faire aimer les médiocrités,
Par le motif de mon hommage ?
Convaincue qu'un systême est sage,
Quand pour principe il a le sentiment,
Je n'en dirai pas davantage :
Et votre cœur goûtera sûrement
Mes étrennes et mon langage.

COUPLET

Chanté par l'auteur en présentant l'almanack à la convention nationale.

AIR : *Chacun de vous l'avoue*

QUI sollicite près de vous
Doit être sûr de la victoire.
Faire le bien, rien n'est si doux;
C'est éterniser votre gloire. (bis.
Vous qui protégez les talens,
Daignez accueillir mon hommage;
Ecoutez mes faibles accens:
Que mon bonheur soit votre ouvrage.

NOUVEAU
CALENDRIER
POUR LA IIme. ANNÉE RÉPUBLICAINE,

Commençant le 22 septembre 1793 et finissant le 21 septembre 1794.

AUTOMNE.	PRINTEMS.
Vendémiaire.	Germinal.
Brumaire.	Floréal.
Frimaire.	Prairéal.
HIVER.	**ÉTÉ.**
Nivôse.	Messidor.
Pluviôse.	Thermidor.
Ventôse.	Fructidor.

I. VENDÉMIAIRE.

Ere Républic.	*Ere Vulgair.*	*Lunaisons suivant l'ere républicaine.*
1 primedi.	22 *D.*SEPT.	
2 duodi.	23 lundi.	
3 tridi.	24 mardi.	
4 quartidi.	25 mercred.	Dernier quart. le 5 à 11 h. 45 minutes du soir.
5 quintidi.	26 jeudi.	
6 sextidi.	27 vendred.	
7 septidi.	28 samedi.	
8 octidi.	29 *Dimanch.*	
9 nonidi.	30 lundi.	
10 *Décadi.*	1. ma. OC.	
11 primedi.	2 mercred.	Nouvelle lune le 14 à 4 h. 46 min. du matin.
12 duodi.	3 jeudi.	
13 tridi.	4 vendred.	
14 quartidi.	5 samedi.	
15 quintidi.	6 *Dimanch.*	
16 sextidi.	7 lundi.	
17 septidi.	8 mardi.	
18 octidi.	9 mercred.	Premier quart. le 21 à 4 heur. 15 minutes du matin.
19 nonidi.	10 jeudi.	
20 *Décadi.*	11 vendred.	
21 primedi.	12 samedi.	
22 duodi.	13 *Dimanch.*	
23 tridi.	14 lundi.	
24 quartidi.	15 mardi.	
25 quintidi.	16 mercred.	Pleine l. le 28 à 9 h. 9 minut. du matin.
26 sextidi.	17 jeudi.	
27 septidi.	18 vendred.	
28 octidi.	19 samedi.	
29 nonidi.	20 *Dimanch.*	
30 *Décadi.*	21 lundi.	

II. BRUMAIRE.

Ere Republic.	*Ere Vulgair.*	*Lunaisons suivant l'ere républicaine.*
1 primedi.	22 ma. OC.	
2 duodi.	23 mercred.	
3 tridi.	24 jeudi.	
4 quartidi.	25 vendred.	Dernier
5 quintidi.	26 samedi.	quart. le 5
6 sextidi.	27 *Dimanch.*	à 5 heur. 56
7 septidi.	28 lundi.	minutes du
8 octidi.	29 mardi.	soir.
9 nonidi.	30 mercred.	
10 *Décadi.*	31 jeudi.	
11 primedi.	1 ve. NOV.	Nouvelle
12 duodi.	2 samedi.	lune le 13 à
13 tridi.	3 *Dimanch.*	8 h. 35 min.
14 quartidi.	4 lundi.	du soir.
15 quintidi.	5 mardi.	
16 sextidi.	6 marcred.	
17 septidi.	7 jeudi.	
18 octidi.	8 vendred.	Premier
19 nonidi.	9 samedi.	quart. le 21
20 *Décadi.*	10 *Dimanch.*	à 0 heures
21 primedi.	11 lundi.	53 min. du
22 duodi.	12 mardi.	matin.
23 tridi.	13 mercred.	
24 quartidi.	14 jeudi.	
25 quintidi.	15 vendred.	Pleine l.
26 sextidi.	16 samedi.	le 27 à 8 h.
27 septidi.	17 *Dimanch.*	55 min. du
28 octidi.	18 lundi.	soir.
29 nonidi.	19 mardi.	
30 *Décadi.*	20 mercred.	

III. FRIMAIRE.

Ere Républic.	*Ere Vulgair.*	*Lunaisons suivant l'ere républicaine.*
1 primedi.	21 je. NOV.	
2 duodi.	22 vendred.	
3 tridi.	23 samedi.	
4 quartidi.	24 *Dimanch.*	Dernier
5 quintidi.	25 lundi.	quart. le 5
6 sextidi.	26 mardi.	à 2 h. 56 m.
7 septidi.	27 mercred.	du soir.
8 octidi.	28 jeudi.	
9 nonidi.	29 vendred.	
10 *Décadi.*	30 samedi.	
11 primedi.	1 *D.* DEC.	Nouvelle
12 duodi.	2 lundi.	lune le 13 à
13 tridi.	3 mardi.	10 h. 56 m.
14 quartidi.	4 mercred.	du matin.
15 quintidi.	5 jeudi.	
16 sextidi.	6 vendred.	
17 septidi.	7 samedi.	
18 octidi.	8 *Dimanch.*	Premier
19 nonidi.	9 lundi.	quart. le 20
20 *Décadi.*	10 mardi.	à 8 heur. 38
21 primedi.	11 mercred.	minutes du
22 duodi.	12 jeudi.	matin.
23 tridi.	13 vendred.	
24 quartidi.	14 samedi.	
25 quintidi.	15 *Dimanch.*	Pleine l.
26 sextidi.	16 lundi.	le 27 à 11
27 septidi.	17 mardi.	heur. 1 m.
28 octidi.	18 mercred.	du matin.
29 nonidi.	19 jeudi.	
30 *Décadi.*	20 vendred.	

IV. NIVOSE.

Ere Républic.	*Ere Vulgair.*	*Lunaisons suivant l'ere républicaine.*
1 primedi	21 sa. DEC.	
2 duodi.	22 *Dimanch.*	
3 tridi.	23 lundi.	
4 quartidi	24 mardi.	Dernier
5 quintidi	25 mercred.	quart. le 5
6 sextidi.	26 jeudi.	à 0 h. 41 m.
7 septidi.	27 vendred.	du matin.
8 octidi.	28 samedi.	
9 nonidi.	29 *Dimanch.*	
10 *Décadi.*	30 lundi.	
11 primedi.	31 mardi.	Nouvelle
12 duodi.	1 m. JAN.	lune le 12 à
13 tridi.	2 jeudi.	11 heur. 49
14 quartidi.	3 vendred.	minutes du
15 quintidi.	4 samedi.	matin.
16 sextidi.	5 *Dimanch.*	
17 septidi.	6 lundi.	
18 octidi.	7 mardi.	Premier
19 nonidi.	8 mercred.	quart. le 19
20 *Décadi.*	9 jeudi.	à 5 heur. 3
21 primidi.	10 vendred.	minutes du
22 duodi.	11 samedi.	matin.
23 tridi.	12 *Dimanch.*	
24 quartidi.	13 lundi.	
25 quintidi.	14 mardi.	Pleine l.
26 sextidi.	15 mercred.	le 27 à 3 h.
27 septidi.	16 jeudi.	4 minut. du
28 octodi.	17 vendred.	matin.
29 nonodi.	18 samedi.	
30 *Décadi.*	19 *Dimanch.*	

V. PLUVIOSE.

Ere Republic.	*Ere Vulgaire.*	*Lunaisons suivant l'ere républicaine.*
1 primedi.	20 l. JANV.	
2 duodr.	21 mardi.	
3 tridi.	22 mercred.	
4 quartidi.	23 jeudi.	Dernier
5 quintidi.	24 vendred.	quart. le 5
6 sextidi.	25 samedi.	à 8 heur. 54
7 septidi.	26 *Dimanch.*	minutes du
8 octidi.	27 lundi.	matin.
9 nonidi.	28 mardi.	
10 *Décadi.*	29 mercred.	
11 primedi.	30 jeudi.	Nouvelle
12 duodi.	31 vendred.	lune le 12 à
13 tridi.	1 sa. FEV.	11 heur. 30
14 quartidi.	2 *Dimanch.*	minutes du
15 quintidi.	3 lundi.	matin.
16 sextidi.	4 mardi.	
17 septidi.	5 mercred.	
18 octidi.	6 jeudi.	
19 nonidi.	7 vendred.	Premier
20 *Décadi.*	8 samedi.	quart. le 19
21 primedi.	9 *Dimanch.*	à 3 heures
22 duodi.	10 lundi.	0 minut. du
23 tridi.	11 mardi.	matin.
24 quartidi.	12 mercred.	
25 quintidi	13 jeudi.	
26 sextidi.	14 vendred.	Pleine L.
27 septidi.	15 samedi.	le 26 à 10 h.
28 octidi.	16 *Dimanch.*	14 minutes
29 nonidi.	17 lundi.	du soir.
30 *Décadi.*	18 mardi.	

VI. VENTOSE.

Ere Republi	*Ere Vulgair*	*Lunaisons suivantl'ere républicai-*
1 primedi.	19 m. FEV.	*ne.*
2 duodi.	20 jeudi.	
3 tridi.	21 vendred.	
4 quartidi.	22 samedi.	Dernier
5 quintidi.	23 *Dimanch.*	quart. le 5
6 sextidi.	24 lundi.	à 2 h. 0 m.
7 septidi.	25 mardi.	du matin.
8 octidi.	26 mercred.	
9 nonidi.	27 jeudi.	
10 *Décadi.*	28 vendred.	
11 primedi.	1 s. MAR.	Nouvelle
12 duodi.	2 *Dimanch*	lune le 11 à
13 tridi.	3 lundi.	10 h. 3 m.
14 quartidi.	4 mardi.	du soir.
15 quintidi.	5 mercred.	
16 sextidi.	6 jeudi.	
17 septidi.	7 vendred.	
18 octidi.	8 samedi.	Premier
19 nonidi.	9 *Dimanch.*	quart. le 18
20 *Décadi.*	10 lundi.	à 3 heur. 6
21 primedi.	11 mardi.	minutes du
22 duodi.	12 mercred.	soir.
23 tridi.	13 jeudi.	
24 quartidi.	14 vendred.	
25 quintidi.	15 samedi.	Pleine
26 sextidi	16 *Dimanch.*	le 26 à 5 h.
27 septidi.	17 lundi.	2 minut. du
28 octidi.	18 mardi.	soir.
29 nonidi.	19 mercred.	
30 *Décadi.*	20 jeudi.	

VII. GERMINAL.

Ere Republic.	*Ere Vulgair.*	*Lunaisons suivant l'ere républicaine.*
1 primedi.	21 v. MAR.	
2 duodi.	22 samedi.	
3 tridi.	23 *Dimanch.*	
4 quartidi.	24 lundi.	**Dernier**
5 quintidi	25 mardi.	quart. le **4**
6 sextidi.	26 mercred.	à 3 heur. **19**
7 septidi.	27 jeudi.	minutes **du**
8 octidi.	28 vendred.	soir.
9 nonidi.	29 samedi.	
10 *Décadi.*	30 *Dimanch.*	
11 primedi.	31 lundi.	**Nouvelle**
12 duodi.	1 m. AVR.	**lune le 11 à**
13 tridi.	2 mercred.	**7 h. 44 min.**
14 quartidi.	3 jeudi.	**du matin.**
15 quintidi.	4 vendred.	
16 sextidi.	5 samedi.	
17 septidi.	6 *Dimanch.*	
18 octidi.	7 lundi.	**Premier**
19 nonidi.	8 mardi.	quart. le **18**
20 *Décadi.*	9 mercred.	à 5 heur. **30**
21 primedi.	10 jeudi.	minutes **du**
22 duodi.	11 vendred.	matin.
23 tridi.	12 samedi.	
24 quartidi.	13 *Dimanch.*	
25 quintidi.	14 lundi.	**Pleine l.**
26 sextidi.	15 mardi.	**le 26 à 5 h.**
27 septidi.	16 mercred.	**15 minutes**
28 octidi.	17 jeudi.	**du matin.**
29 nonidi.	18 vendred.	
30 *Décadi.*	19 samedi.	

VIII. FLOREAL.

Ere Republic.	Ere Vulgair.	Lunaisons suivant l'e[r]e républicai-ne.
1 primedi.	20 *D*. AVR.	
2 duodi.	21 lundi.	
3 tridi.	22 mardi.	
4 quartidi.	23 mercred.	Dern[ier]
5 quintidi.	24 jeudi.	quart. le 4
6 sextidi.	25 vendred.	à 0 h. 57 m.
7 septidi.	26 samedi.	du m[atin.]
8 octidi.	27 *Dimanch.*	
9 nonidi.	28 lundi.	
10 *Décadi.*	29 mardi.	
11 primedi.	30 mercred.	Nouvelle
12 duodi.	1 je. MAI.	lune le 10 à
13 tridi.	2 vendred.	4 h. 8 min.
14 quartidi.	3 samedi.	du soir.
15 quintidi.	4 *Dimanch.*	
16 sextidi.	5 lundi.	
17 septidi.	6 mardi.	
18 octidi.	7 mercred.	Premier
19 nonidi.	8 jeudi.	quart. le 17
20 *Décadi.*	9 vendred.	à 9 heur. 46
21 primedi.	10 samedi.	minutes du
22 duodi.	11 *Dimanch.*	soir.
23 tridi.	12 lundi.	
24 quartidi.	13 mardi.	
25 quintidi.	14 mercred.	Pleine l[une]
26 sextidi.	15 jeudi.	le 26 à 0 h
27 septidi.	16 vendred.	50 minut[es]
28 octidi.	17 samed.	matin.
29 nonidi	18 *Dimanch.*	
30 *Décadi.*	19 lundi.	

IX. PRÉRÉAL.

Ere Republic.	*Ere Vulgair.*	*Lunaisons suivant l'ere républicaine.*
1 primedi.	20 m. MAI.	
2 duodi.	21 mercred.	
3 tridi.	22 jeudi.	
4 quartidi.	23 vendred.	Dernier quart. le 3 à 7 heur. 33 minutes du matin.
5 quintidi.	24 samedi.	
6 sextidi.	25 *Dimanch.*	
7 septidi.	26 lundi.	
8 octidi.	27 mardi.	
9 nonidi.	28 mercred.	
10 *Décadi.*	29 jeudi.	
11 primedi.	30 vendred.	Nouvelle lune le 10 à o h. 45 min. du matin.
12 duodi.	31 samedi.	
13 tridi.	1 *D.* JUIN.	
14 quartidi.	2 lundi.	
15 quintidi.	3 mardi.	
16 sextidi.	4 mercred.	
17 septidi.	5 jeudi.	
18 octidi.	6 vendred.	Premier quart. le 17 à 3 heur. 2 minutes du soir.
19 nonidi.	7 samedi.	
20 *Décadi.*	8 *Dimanch.*	
21 primedi.	9 lundi.	
22 duodi.	10 mardi.	
23 tridi.	11 mercred.	
24 quartidi.	12 jeudi.	
25 quintidi.	13 vendred.	Pleine l. le 25 à o h 46 minutes du soir.
26 sextidi.	14 samedi.	
27 septidi.	15 *Dimanch.*	
28 octidi.	16 lundi.	
29 nonidi.	17 mardi.	
30 *Décadi.*	18 mercred.	

X. MESSIDOR.

Ere Republic.	*Ere Vulgair.*	*Lunaisons suivant l'ere républicaine.*
1 primedi.	19 je. JUIN.	
2 duodi.	20 vendred.	
3 tridi.	21 samedi.	
4 quartidi.	22 *Dimanch.*	Dernier quart. le 2 à o h. 18 m. du soir.
5 quiutidi.	23 lundi.	
6 sextidi.	24 mardi.	
7 septidi.	25 mercred.	
8 octidi.	26 jeudi.	
9 nonidi.	27 vendred.	
10 *Décadi.*	28 samedi.	
11 primedi.	29 *Dimanch.*	Nouvelle lune le 9 à 10 heur. 24 minutes du matin.
12 duodi.	30 lundi.	
13 tridi.	1 m. JUIL.	
14 quartidi.	2 mercred.	
15 quintidi.	3 jeudi.	
16 sextidi.	4 vendred.	
17 septidi.	5 samedi.	
18 octidi	6 *Dimanch.*	Premier quart. le 17 à 3 heur. 22 minutes du matin.
19 nonidi.	7 lundi.	
20 *Décadi.*	8 mardi.	
21 primedi.	9 mercred.	
22 duodi.	10 jeudi.	
23 tridi.	11 vendred.	
24 quartidi.	12 samedi.	
25 quintidi.	13 *Dimanch.*	Pleine l. le 24 à 10 h. 43 minute du soir.
26 sextidi.	14 lundi.	
27 septidi.	15 mardi.	
28 octidi.	16 mercred.	
29 nonidi.	17 jeudi.	
30 *Décadi.*	18 vendred.	

XI. THERMIDOR.

Ere Republic.	Ere Vulgair.	Lunaisons suivant l'ere républicaine.
1 primedi.	19 sa. JUIL.	
2 duodi.	20 *Dimanch.*	
3 tridi.	21 lundi.	
4 quartidi.	22 mardi.	Dernier
5 quintidi.	23 mercred.	quart. le 1
6 sextidi.	24 jeudi	à 4 h. 41 m.
7 septidi.	25 vendred.	du soir.
8 octidi.	26 samedi.	
9 nonidi.	27 *Dimanch.*	Nouvelle
10 *Décadi.*	28 lundi.	lune le 8 à
11 primedi.	29 mardi.	10 heur. 11
12 duodi.	30 mercred.	minutes du
13 tridi.	31 jeudi.	soir.
14 quartidi.	1 v. AOU.	Premier
15 quintidi.	2 samedi.	quart. le 17
16 sextidi.	3 *Dimanch.*	à 1 heur. 4
17 septidi.	4 lundi.	minutes du
18 octidi.	5 mardi.	matin.
19 nonidi.	6 mercred.	
20 *Décadi.*	7 jeudi.	Pleine l.
21 primedi.	8 vendred.	le 24 à 7 h.
22 duodi.	9 samedi.	33 min. du
23 tridi.	10 *Dimanch.*	matin.
24 quartidi.	11 lundi.	
25 quintidi.	12 mardi.	Dernier
26 sextidi.	13 mercred.	quart. le 30
27 septidi.	14 jeudi.	à 10 h. 22
28 octidi.	15 vendred.	minutes du
29 nonidi.	16 samedi.	soir.
30 *Décadi.*	17 *Dimanch.*	

XII. FRUCTIDOR.

Ere Republic.	Ere Vulgair.	Lunaisons suivant l'ere républicaine.
1 primedi.	18 lu. AOU.	
2 duodi.	19 mardi.	
3 tridi.	20 mercred.	
4 quartidi.	21 jeudi.	Nouvelle
5 quintidi.	22 vendred.	lune le 8 à
6 sextidi.	23 samedi.	o heur. 32
7 septidi.	24 *Dimanch.*	minutes du
8 octidi.	25 lundi.	soir.
9 nonidi.	26 mardi.	
10 *Décadi.*	27 mercred.	
11 primedi.	28 jeudi.	Premier
12 duodi.	29 vendred.	quart. le 16
13 tridi.	30 samedi.	à 4 heur. 37
14 quartidi.	31 *Dimanch.*	minutes du
15 quintidi.	1 l. SEPT.	soir.
16 sextidi.	2 mardi.	
17 septidi.	3 mercred.	
18 octidi.	4 jeudi.	Pleine l.
19 nonidi.	5 vendred.	le 23 à 4 h.
20 *Décadi.*	6 samedi.	o minut. du
21 primedi.	7 *Dimanch.*	soir
22 duodi.	8 lundi.	
23 tridi.	9 mardi.	
24 quartidi.	10 mercred.	Dernier
25 quintidi.	11 jeudi.	quart. le 30
26 sextidi.	12 vendred.	à 6 heur. 50
27 septidi.	13 samedi.	minutes du
28 octidi.	14 *Dimanch.*	matin.
29 nonidi.	15 lundi.	
30 *Décadi.*	16 mardi	

Jours complémentaires, appelés les Sanculotides.

Ces cinq jours sont consacrés à diverses fêtes nationales, telles que celles

des Vertus.	17 merc. SEPT.
du Génie.	18 jeudi.
du Travail.	19 vendredi.
de l'Opinion.	20 samedi.
des Récompenses.	21 *Dimanche.*

MOTION
EN FAVEUR DU SEXE.

Le bonheur des femmes doit-il être seul dépendant des hommes ?

Quels seraient pour elles les moyens de trouver ce bonheur dans leurs propres ressources.

LE premier, le plus sacré des devoirs de l'homme, c'est de faire le bonheur d'une compagne que la nature lui a destinée pour com-pletter le sien.

Il existe sans doute de ces êtres vertueux et sensibles qui trouvent des charmes à remplir ce devoir, comme à mériter la douce récompense qu'il leur promet ; cependant c'est une triste vérité, que dans toute l'espèce humaine, la plus grande somme des maux est imposée à la femme.

Que d'hommes insensibles aux loix morales de la nature ; barbares envers un sexe qu'ils ne considèrent plus que comme un objet frivole, pris au hazard, uniquement placé sur la terre pour satisfaire à un instant d'ivresse ! la femme ainsi humiliée se dégrade ; ses qualités morales n'ont plus d'énergie ; les sources inépuisables de la sensibilité restent sans effet sur le cœur de l'homme ; elle gémit en feignant d'être heureuse : eh ! ces hommes croyent avoir joui ! ....

De toutes les passions qui servent

à rendre l'homme heureux, quand il sait les gouverner, l'ambition seule règne sur son cœur; il n'aime que l'or, ne vit que pour l'acquérir, et le plus souvent pour en faire un mauvais usage? Voilà la source des malheurs d'un sexe dont je m'honore de faire partie.

Vous, citoyens, occupés à former une constitution sage, des loix plus précises, écoutez mon langage; il est guidé par la raison, et surtout par l'expérience?

La providence, en créant la femme, n'a donné à l'homme qu'une compagne pour coopérer avec lui, adoucir ses peines, et lui préparer des plaisirs; cette idée de compagne et de coopérateur commun, renferme celle d'une égalité parfaite ; pourquoi donc ces mêmes femmes, nées pour répandre des fleurs sur la vie privée de l'homme, ne reçoivent-elles de lui en récompense, que des fers, des tourmens, et des injustices.

Citoyens, prenez donc en considération le sort déplorable d'un grand nombre de ces mères de famille, dont les maris ont dissipé la dot, et à qui ils n'ont laissé que des dettes et des enfans; envisagerez-vous comme une plante parasite ces infortunées ? La société ne leur doit-elle rien ? Les laisserez-vous dans l'abaissement et l'humiliation que l'indigence traîne à sa suite ? Si quelques-unes d'entr'elles trouvent quelque ressource par le travail le plus assidu, il en est une infinité d'autres à qui l'éducation, le préjugé ou la nature, refusent tous les moyens de pourvoir par elles-mêmes à l'existence de leur famille; c'est dans cette classe qu'il en existe de dévouées au malheur, dont l'intelligence et l'esprit pourraeint les mettre en état de ne dépendre que d'elles-mêmes, s'il y avait quelques ressources suffisantes pour elles. Conservant dans l'adversité ce beau caractère qui ennoblit toutes les actions, elles souffrent habituellement sans se plaindre, elles se font une jouissance de leur privation, et ne donnent point à l'orgueilleuse et insensible opulence le droit de les humilier.

Cette classe de femmes, est très-capable, citoyens, d'exercer une infinité de places occupées jusqu'à présent par des hommes ; ne serait-il pas possible et juste, d'abolir cet usage, et de donner aux femmes des emplois qui seraient à leur portée ?

Ce n'est ici, citoyens, qu'un apperçu que je vous soumets, bien persuadée que le soin de notre bonheur vous occupera sérieusement, et deviendra pour vous la plus douce des jouissances.

C'est vous distinguer, citoyens, que d'être les arbitres du bonheur de ces malheureuses victimes? Chacun de vous, a eu une mère, et a peut-être le bonheur de la posséder encore ; la plupart ont une épouse; descendez au fond de vos cœurs, vous y trouverez cet amour, cette reconnaissance qu'elles ont acquise au prix des dangers et des sollitudes, pour vous élever à la diguité de l'homme.

Parmi les objets qui fixent votre attention, et qui font partie de cette constitution qui vous occupe, il est un point bien essentiel, et auquel vous ne sauriez trop tôt vous attacher ; l'éducation de la jeunesse, cet heureux patrimoine que rien dans l'univers ne saurait attaquer, seul préservatif contre les fureurs du sort, seule et respectable ressource qui dédommage des torts de la fortune ? Ne serait-ce pas là le moyen d'employer d'une manière digne de vous cette classe d'infortunées, en formant des établissemens utiles à l'humanité, et dont elles seraient les directrices ?

Le sentiment des maux de tout mon sexe me pénètre jusqu'au fond du cœur : je ne parlerai pas des miens, ils sont si fort à leur comble, qu'ils sont prêts à énerver mon courage. Depuis vingt ans j'éprouve le malheur ! trompée par la nature, trahie par l'amitié, je vis couler mes plus beaux jours dans les plus affreuses allarmes. Les heures multiplierent mes peines ; je puis parler de tout, car j'ai tout éprouvé ; injustice, indigence, humiliation. Le don heureux de la philosophie, cette pûreté de conscience, me dédommagèrent, et me firent supporter la vie qui ne fût et ne serait pour moi qu'un fardeau, si la nature qui se fait entendre à mon ame sensible ne me rendait encore chers les instans que je dois lui consacrer ?

Oh! citoyens, je réclame cette humanité qui doit sans cesse caractériser vos actions ; je la réclame pour moi, pour ce sexe qui végète dans l'indigence et dans les larmes. Si ces femmes, abandonnées par toute la nature, peuvent prétendre à vous voir occupés du soin de leur bonheur, en les plaçant suivant leurs talens, elles sauront en acquérir ; leur caractère, leur ame, prendront un nouvel essor ; les mœurs y gagneront, et votre gloire sera certaine.

Que de biens, citoyens, vous pouvez produire ! que d'heureux vous pouvez faire !

Quant à moi, formée de bonne heure à l'étude des lettres, je voudrais m'y appliquer davantage en me rendant utile, et ennoblir de faibles talens par leur objet. Mon sexe n'étant qu'à peine autorisé à cultiver son esprit, je trouverais dans le devoir l'excuse d'un goût surnaturel, et le motif d'une application constante ; ce serait m'acquitter envers ceux qui m'instruisirent, ce serait m'élever au-dessus de moi-même ? Eh ! quelle serait ma reconnaissance, si par vos soins je devenais seule l'arbitre de mon sort, et le soutien de ma malheureuse famille.

Oh ! dépêchez-vous de m'entendre, de me plaindre, et de m'aider à combattre cette opiniâtre fortune par un travail assidu qui distingue toujours celui qui s'y livre, et qui s'en fait une ressource.

COUPLETS

A LA CONVENTION NATIONALE.

AIR *des Marseillais.*

O vous, respectable assemblée,
Qui daignez sourire à nos vœux;
Notre ambition est comblée,
Nos succès brillent dans vos yeux. (bis.
Citoyens, du plus bel empire,
Nous touchons enfin au bonheur;
Vous nous portez dans votre cœur;
Oh! qu'il nous est doux de vous dire:
Vive, vive à jamais
La gloire et les Français!
L'honneur, l'honneur, et les lauriers
couronnent leur succès.

Partisans de la tyrannie,
Aristocrates odieux,
Des ministres l'agent impie,
Adieu vos projets factieux. (bis.
Peuple français, peuple de braves,
On vous rend aujourd'hui vos droits;
Vous ne vivrez que par les loix,
Il n'est plus ce tems des esclaves.
Vive, vive à jamais etc.

A LA C. ..... ET SA FILLE,

Le Jour de l'An 1792.

A la mère ainsi qu'à la fille,
L'une, malgré le ton du jour,
Tenant à ses amis, chérissant sa famille,
L'autre beaucoup plus que jolie,
Sans en prendre, inspirant l'amour,
Sans exciter jamais l'envie!
Santé, plaisirs, contentement,
Et sur-tout toujours de l'argent;
Car dans ce siècle de lumière,
Sans ce maudit ingrédient
Il vaut mieux, ou du moins autant
Dès le berceau descendre dans la bière,
Que d'exister si l'on n'est opulent.
Voyez quelle est ma destinée!
Or qui de vous ne serait fortunée,
Si le ciel seulement exauçait la moitié
(L'argent compris) des vœux de bonne année
Que pour vous forme l'amitié.
Mais moi, j'aurais d'écus la plus énorme dose,
Que mon cœur ne pourrait jamais
De ce métal connaître les bienfaits,
Si de l'effet de mes tendres souhaits,
Le Seigneur vous rognait la plus petite chose.

VERS SUR LA MORT.

TERRIBLE fille de la nuit,
Fléau par qui tout est détruit,
O mort! toi qui confonds l'inutile courage
Du superbe héros, du philosophe altier,
Et qui vers le fatal rivage
Entraînes l'univers entier,
Verrons-nous chaque jour ton funeste ravage,
Sans apprendre à te définir,
Et sans pouvoir approfondir
Où tu dois nous jetter après notre naufrage?
Quel est donc ce pouvoir que le ciel te départ?
Finis-tu nos malheurs? augmentes-tu nos peines?
Viens-tu nous captiver? viens-tu rompre nos chaînes?
Et lorsque de tes mains le trait funeste part,
Suit-il l'ordre d'un dieu, frappe-t-il au hazard?
Pourquoi t'envelopper d'impénétrables ombres,
Avant que nous puissions écarter le bandeau

Qui cache à nos regards les secrets du
tombeau ?
L'homme frémit en te voyant paraître,
Est-il en ton pouvoir d'anéantir son être?
Ou ne fais-tu qu'arrêter les ressorts
Que Dieu, cet invisible maître,
Fit pour unir l'ame et le corps?
Nous naissons pour mourir, mourons-
nous pour renaître ?
Sortirons-nous un jour de ce triste tom-
beau ?
Si j'en crois l'oracle infaillible
D'une religion consolante et terrible,
La mort est un instant fatal ou précieux
Qui nous plonge aux enfers ou nous trans-
porte aux cieux ;
Une éternelle récompense
Couronne la vertu, que rien ne peut ternir;
Mais trop inutile espérance,
Qu'un instant de terreur peut à jamais ravir!
Eh ! que devient donc la clémence
De cet être parfait que l'univers encense ?
Quoi ! pourrait-il punir dans de faibles
mortels,
Des plaisirs passagers par des maux éter-
nels ?
Et ne nous aurait-il défendu la vengeance
Que pour s'en réserver les droits les plus
cruels ?
Qu'il lance à son gré le tonnerre
Sur ces mortels audacieux

Dont la fureur brave les cieux,
Outrage la nature, et désole la terre;
Et quand il en aura délivré l'univers,
Loin de les condamner à d'éternelles flammes,
Qu'il anéantisse ces âmes,
Indignes d'exister, même au fond des enfers.
Mais qu'il ne lance point de ses foudres terribles
Contre ces mortels trop sensibles
Dont les douces erreurs n'altèrent point la foi,
Et qui suivraient fidèlement sa loi
S'ils avaient pu naître infaillibles.
Qu'ai-je dit : est-ce à nous de régler ses desseins?
Ils veulent diriger, dans leur erreur profonde,
Le dieu puissant qui tient l'univers en ses mains!

Malgré ce qu'ils ont à craindre,
Ils doivent l'adorer et non le concevoir,
Et borner leur science au seul point de savoir
Qu'ils sont nés pour souffrir, et non pas pour se plaindre.
Le doute égare l'âme en détruisant l'espoir,
Gardons-nous d'écouter une fausse maxime :

Quel que soit le trépas, quel que soit son pouvoir,
Le juste, sans effroi, doit se voir sa victime;
Et la mort ne paraît un éternel abyme
Qu'aux yeux qui ne peuvent la voir
Qu'à travers le bandeau du crime.

A MON AMIE,

Qui me demandait un couplet pour sa fête.

Pour te fêter, ô! mon aimable amie,
Tu me demandes une chanson;
Mais de rimer je n'ai plus la manie.
Je ne sais plus ce que c'est qu'Apollon.
Ah! de mon cœur reçois le tendre hommage,
Ses accens vaudront bien un bouquet;
Et si tu chantes mon couplet,
Il aura bien de l'avantage.

De tes accords la charmante harmonie
Va retentir jusqu'au fond de nos cœurs;
Tu les soumets, ô! ma Julie,
A tes désirs, à tes rigueurs!
Jouis de ton bonheur suprême,

Chante

Chante avec moi ce doux refrain ?
Être aimé de ce que l'on aime,
Est-il un plus souverain bien ?

AU PORTRAIT DE MA MERE.

J'arrête ici les yeux sur ce charmant portrait ;
C'est toi, belle maman ! que je te rendre hommage ;
Mais le peintre a rendu faiblement ton image.
Qu'il serait différent si ta fille l'eût fait !

ANNIVERSAIRE DES TÊTES COUPÉES.

14 JUILLET 1790.

AIR : *Avec les Jeux dans le Village.*

Je vois paraître dans la nue,
Le pauvre Flesselles, et Foulon

Quel aspect frappe notre vue,
Dit Berthier leur cher compagnon.
Ah ! grand Dieu quelle différence,
De ce jour à notre trépas.
Chacun est en réjouissance,
Les plaisirs naissent sous leurs pas. *Bis*

Pauvre Launay quel triste rôle,
Nous jouons tous dans ce canton :
Plutus valait, sur ma parole,
Pour nous beaucoup mieux que Pluton.
Ils sont passés ces jours de fête,
Qui nous couvraient de leur bandeau;
Et l'infernal coupeur de tête,
Nous a plongés dans le tombeau. *Bis*

Adieu, ce monument funeste,
Séjour d'horreur aux malheureux;
Le seul souvenir qu'il en reste,
Doit te le rendre bien affreux.
Trop abominable Bastille,
Qui fit embellir ton boudoir;
En arrachant à sa famille,
Une victime du pouvoir. *Bis*

Plaisirs, grandeurs, tristes richesses,
Vous ne fascinez plus nos yeux,
Et ce séjour de la mollesse,
Où nous fimes des malheureux :
Où notre infâme brigandage,
Et notre horrible ambition,
Nous a fait avoir en partage
La trop juste punition. *Bis*

O! vous qui restez sur la terre,
Faites du tems un bon emploi;
C'est être vraiment téméraire,
Que de ne vivre que pour soi.
Vous tous qui tenez la balance
De la justice et l'équité,
Que notre triste expérience
Vous fasse aimer la charité. *Bis*

Entre l'amitié, la nature,
Partagez vos plus doux instans;
Soyez sans art, sans imposture,
Profitez de vos plus beaux ans;
Soyez époux tendre et fidèle,
Soyez bon père et bon ami;
Et ne soyez jamais rebelle
Envers les intérêts d'autrui. *Bis*

A MON MARI,

LE JOUR DE SA FÊTE.

QUE te donner pour ton bouquet?
Je suis pauvre, et je n'ai qu'une âme;
Et puis, hélas! je suis ta femme:
Mon hommage n'a plus d'effet.
D'ailleurs il n'est plus en usage,

En pareil cas, de se fêter.
Il m'en souvient, sans dire davantage.....
Mais, non; pourquoi le répéter?
Il vaut bien mieux donner la préférence
Au plaisir si doux de t'aimer,
Et pardonner qui nous offense;
C'est ainsi qu'il faut se venger,
N'est-ce pas une jouissance?
Reçois donc mon tendre bouquet,
Reviens, si tu le peux, de ton erreur cruelle,
L'ingratitude est un forfait;
Vois la nature qui t'appelle,
Réponds du moins à ses accens.
Vas! le tourbillon qui t'entraîne,
Ne fait pas le bonheur suprême;
C'est l'erreur de quelques momens....

AU BERCEAU DE MON FILS,

AGÉ DE 4 MOIS.

TANDIS que tu dors, cher enfant,
Ta pauvre mère pour toi veille;
Tu souris comme un innocent:
Ta tranquillité sans pareille

Annonce le bonheur, quoiqu'au sein du
tourment.
Tu ne vois pas couler mes larmes,
Tu ne connais pas l'excès de mon malheur;
L'existence a pour toi des charmes,
Ah! puisse-tu long-tems jouir de ton
erreur!....
Pour moi qu'un sort toujours funeste
Semble poursuivre avec fureur,
En attendant la mort, je vis de ma douleur,
Et son espoir est tout ce qui me reste.

EPIGRAME

AU CITOYEN DE.....

Sur son amour pour sa femme.

Après dix ans de mariage,
Etre de sa femme amoureux;
L'aimer chaque jour davantage,
Oser même avouer cet amour vertueux;
Ami, c'est nous montrer un sage,
Qui bravant le ton et l'usage,
A su chez lui se rendre heureux.
Les sots riront; eh bien! laisse les rire,

Sans t'en embarrasser, jouis de ton bonheur.
En nous vantant la beauté qui t'inspire,
Tu fais l'éloge de ton cœur,
Et de ton siècle la satyre.

VERS

Adressés au président de la Convention Nationale, en lui envoyant la souscription suivante:

AIMABLE liberté, égalité chérie,
Qui faites le bonheur de mes concitoyens,
Donnez-moi donc quelques moyens
De vous bénir toute ma vie;
Mais, accablée par les malheurs,
Je traîne ma triste existence.
Oh! vous, oh! vous législateurs,
Accordez-moi votre indulgence,
Et venez essuyer mes pleurs!

Souscription de bienfaisance

Présentée à la convention nationale, en octobre 1792, par l'auteur.

Je sais que le malheur rend souvent indiscret ;
J'ai lu quelque part cet adage :
On va me l'appliquer, je l'avoue à regret,
Mais quand on trouve un avantage
A manquer de discrétion,
Dans certaine position
Il est, je crois, permis d'oublier son langage ;
D'après cela ne vous étonnez pas,
Si, sans craindre de vous déplaire,
Je vais peindre des embarras
Qui vous laissent du bien à faire.

Proscrite par le sort ainsi que par les miens,
N'ayant pas un espoir, n'ayant plus moyens

D'élever mes enfans d'une manière honnête,
J'osai présenter ma requête
Aux plus aisés de mes concitoyens :
Tous furent sourds; chacun tourna la tête.
On n'intéresse plus, lorsque l'on est sans biens.
Eh! quoi! n'est-il donc plus d'azile sur la terre
Pour la vertu, dans ce siècle pervers ?
Quoi! chaque jour quelque nouveau revers
Augmente encor l'excès de ma misère,
Et convertit en un supplice affreux
Les noms si doux et d'épouse et de mère!
C'est être par trop malheureux !
Voir des enfans dans l'indigence,
Sans trouver un cœur attendri,
Sans reconnaître un seul ami
Qui daigne à tant de maux donner quelqu'allégeance.
Ah! c'en est trop, je ne puis plus souffrir
De mes chagrins le poids horrible ;
A mes pénibles cris tout se montre insensible,
Il ne me reste qu'à mourir.
Mais tout-à-coup, par le ciel inspirée,
Je viens exposer mes douleurs
A vous, honnêtes défenseurs
Des malheurs de cette contrée.
Occupés tous les jours à faire des heureux,

Sans doute mon bonheur peut être votre
ouvrage :
Vous aimez la vertu, vous parlez son langage,
J'ose ici reclamer vos secours généreux.
Qu'une subtile flamme en vos veines circule,
Que votre cœur palpite aux accens de ma
voix :
Je sèche, je languis, je frissonne, je brûle ;
Et si, par malheur, cette fois
Mes espérances étaient vaines,
Il me faudrait succomber sous le poids
De mes insupportables chaînes.

Tous les jours, près de vous, chacun va
demandant
Les uns des places d'importance,
Les autres plus ou moins d'argent,
Selon qu'ils croyent bonnement
Avoir droit à la récompense
De leurs traveaux, de leur talent.
Mais qu'ont-ils fait de si brillant ?
Ce vieux, ce brave militaire
A, vous dit-on, très vaillamment
Servi quarante ans à la guerre,
Qui l'a rendu pour toujours impotent;
Voilà vraiment une belle misère !
Ce magistrat intègre, vigilant,
A, dix lustres entiers, su rendre la justice,
Sans recevoir ni cadeau ni présent :

Eh bien ! il a rempli simplement son office.

Mais lorsque pour l'état j'ai prodigué mon sang
Seize fois, bien compté, sans nulle récompense,
Entre les demandans j'ai quelque droit, je pense,
De me placer au premier rang.
Si l'on s'enrichissait à faire des enfans,
Je passerais toute ma vie
A servir gratis ma patrie.
Mais on le sait, ce métier hazardeux
Fut de tous les tems, ruineux
Pour la santé comme pour la finance ;
J'en fais la triste expérience :
De seize enfans, je n'ai que cinq marmots,
Qui, malgré mon amour, font aujourd'hui ma peine,
Et ne me laissent pas un instant de repos.
Hélas ! la fortune inhumaine
M'a tout ravi ; je ne puis plus fournir
A l'entretien de ma progéniture,
Ni souvent même la nourrir.
Que peut pour eux une mère éplorée
Qui ne reçut de ses parens
Que des vertus, que de faibles talens,
Avec lesquels on végète ignorée ?
Ne fuit-on pas les indigens ? . . . .
. . . .
Daignerez-vous accueillir ma requête,

En m'accordant votre faveur ?
Hélas ! un seul écu par tête
Serait pour vous de légère valeur,
Et ma fortune serait faite.
Croyez, hélas ! qu'il me sera bien doux
D'avouer à toute la France
Que mes enfans ont une subsistance,
Et qu'ils ne la doivent qu'à vous.
Ce serait bien ici la place
D'un petit mot de compliment;
Mais, citoyens, excusez-moi, de grâce
Si je me tais absolument
A cet égard : on dit publiquement
Que vous détestez la louange
Que donne même l'équité.
Envain la langue me demange
De vous payer un tribut mérité;
Tout ce qu'à ce sujet le cœur m'aurait dicté,
Restera devant vous caché sous ma fontange.

TABLEAU DE PARIS

SOUS L'ANCIEN RÉGIME.

Air : *Je suis né natif de Ferrare.*

Paris est un vaste théâtre,
Où l'un rit, où l'autre folâtre,
Sur lequel on n'est bon acteur

Que dans le rôle d'imposteur. (bis.
Sous le masque de l'innocence,
Le fripon de la confiance
In petto se moque et se rit,
Quand il peut la mettre à profit. bis.

Regardez le seigneur Clitandre,
Il emprunte pour ne pas rendre,
Et puis il traitera bien haut
Chaque créancier de maraud. (bis.
Le financier qui le copie,
Par fois a la même manie,
Mais pour retrouver de l'argent,
Il prend un chemin différent. (bis

Il presse le contribuable,
Dans sa maison il fait le diable,
Et lui prend jusqu'au moindre outil,
S'il n'emporte même son lit. (bis.
Puis courant chez quelque danseuse,
Quelqu'actrice ou quelque chanteuse;
Il paye (non pas à demi)
Ses plaisirs et ceux de l'ami. (bis.

Ici tout suppôt de justice,
Loin d'être à la vertu propice,
Fait d'un coupable un innocent,
Pourvû qu'il donne de l'argent. (bis.
Mais hélas! le pauvre honnête homme,
S'il n'a pas une bonne somme,
Son bon droit sera comme rien,

Il faudra qu'il perde son bien. (bis.

Quant aux dames, c'est encore pire,
Malheur à qui, sous leur empire,
Est assez sot pour se ranger,
Il ne peut plus se dégager. (bis.
S'il veut trancher un peu du maître,
Sa femme au château de bicêtre,
Par ordre le renfermera,
Et de tout son bien jouira. (bis.

Depuis madame la duchesse,
Jusqu'aux femmes dont la noblesse
Sort de savonnette à vilain,
Toutes mènent le même train. (bis.
Il faut le plus grand étalage,
Les gens, les chevaux, l'équipage,
Les parures, et cœtera.......
Ensuite paiera qui pourra. (bis.

A la cour tout est étiquette,
Le courtisan et la coquette,
Tous deux vivent de leur métier,
Et chacun devient usurier. (bis.
La fausseté, l'impertinence,
Et toujours cet air d'arrogance
Habitent parmi les palais;
La vérité n'a point d'accès. (bis.

Pour avoir un air d'importance,
Il faut être dans la finance;

Alors monsieur le grand seigneur
Vous accordera bien l'honneur (bis.
De briller parmi sa famille ;
En prenant la main de sa fille ;
Plus souvent ce n'est qu'un manant :
La belle chose que l'argent. (bis.

J'en pourrais dire davantage,
Mais mal-content de mon voyage,
Je pars demain pour Thaitis,
Et quitte pour jamais Paris. (bis.
Chez moi, si j'en faisais l'histoire,
Un chacun aurait peine à croire
Qu'il fût un pays si maudit,
Et, messieurs, je n'ai pas tout dit. (bis.

L'AMOUR ET LA LIBERTÉ.

Dialogue.

L'AMOUR.

La liberté des mortels est l'idole,
On en chérit la douce expression ;
Tout prisonnier veut sortir de la geole,
Mes seuls captifs chérissent leur prison.

La liberté qui sait nous plaire,
L'égalité qui vient nous réunir,
Habitent toujours à Cithère;
Mêmes transports, même désir;
De tout tems je fus la boussòle
Qui fit mouvoir le genre humain;
Je serai toujours son idole,
L'égalité me tend la main.

LA LIBERTÉ

Soyons égaux par la sagesse,
Soyons libres par nos vertus;
Que l'amitié nous intéresse
Tous autres vœux sont superflus.
Lorsque l'humanité souffrante,
Vient s'adresser à notre cœur,
Qu'une affabilité touchante
Mette à son aise le malheur.
Nous devons exister en frères,
Et régner par la même loi;
Fuyons les biens imaginaires,
Vivons, vivons en bonne foi.
Ne sommes-nous pas tous l'ouvrage,
De ce Dieu, qu'on doit révérer?
Notre existence est un passage,
Le même trait vient nous frapper.

MA SITUATION.

AIR : *Que ne suis-je la fougère.*

Dans ma triste solitude
Je goûte le vrai bonheur ;
Au sein de l'inquiétude,
La paix règne dans mon cœur.
La tendresse la plus pure,
Suffit seule à mes desirs ;
Et les soins de la nature,
Sont mes uniques plaisirs.

Je fuis la vaine imposture,
Le tourbillon des grandeurs ;
L'opulence et la parure,
N'ont pour moi nulles douceurs.
On trouve le bien suprême,
Quand du tems on sait l'emploi ;
Et l'estime de soi-même,
Est notre première loi.

Dans une esperance vaine,
Je vis couler mes beaux jours
Sous le fardeau de la peine,
Sans en voir finir le cours.
Ah ! du moins mon cœur sensible,

N'eut ni remords, ni regrets;
Et de mon état pénible,
Je ne murmurerai jamais.

Le sentiment, qui m'inspire,
Est un dédommagement;
Ah! qu'il est doux de se dire
Tous les jours à chaque instant,
» Par mes soins, par ma constance
» Je fais vivre mes enfans?....
» Cette seule jouissance,
» Sait adoucir mes tourmens.

VERS

Présentés à la société des amis de l'égalité et de la liberté.

Dans un de ces momens affreux,
Où les horreurs de l'indigence,
Laissent à peine aux malheureux
La force de traîner leur pénible existence,
J'ose de votre bienveillence
Solliciter les secours généreux.
Qui ne connaît pas de votre âme,
La bienfaisance, la bonté?
Lorsque le malheur les reclame

N'est-il pas sûr d'être écouté ?
Chacun vante votre clémence
Votre esprit, votre humanité :
C'est donc dans cette confiance
Que j'use de la liberté
Dont vous chérissez la puissance,
Pour implorer votre assistance
Et votre noble charité.

COUPLETS

Adressés aux fédérés du 14 juillet 1790.

AIR : *Pouvez-vous bien douter encore.*

QUOI ! vous quittez votre campagne,
Pour venir visiter ces lieux ;
Un doux transport vous accompagne,
Le plaisir brille dans vos yeux.
Pour nous quelle allégresse extrême
Vient nous ravir en ce beau jour ;
Si ce n'est pas là comme on aime,
Qu'appellera-t-on de l'amour ? (bis.

Par le doux serment qui nous lie,
Et qu'a prononcé notre cœur ;

Livrons-nous tous à la patrie,
Et redoublons chacun d'ardeur.
Pour nous quelle allégresse extrême
Anime nos sens tour-à-tour.
Si ce n'est pas là comme on aime,
Qu'appellera-t-on de l'amour ?

Puisque le hazard nous assemble,
Amis, il faut en profiter;
Que la bonne union nous rassemble,
Le même vœu doit nous guider.
N'est-ce pas le bonheur suprême,
D'être unis tous en ce beau jour;
Si ce n'est pas là comme on aime,
Qu'appellera-t-on de l'amour.

Retournez dans vos lieux champêtres.
Entre les bras de vos moitiés;
Quand elles vous verront paraître,
Que vous recevrez d'amitiés !
C'est un nouveau rayon de gloire,
Qui vous attend en ce moment;
Et dans le temple de mémoire
On se souviendra du serment.

La capitale séduisante,
A sans doute bien des appas;
Mais peut-elle être aussi touchante,
Que vos enfans dedans vos bras ?
Tous les plaisirs qu'elle procure,
Ne valent pas le sentiment;

Volez, volez, à la nature,
Soyez époux, soyez amans.

Ici l'ardeur de votre zèle
A conduit vos pas près de nous ;
L'amour dans les champs vous rappelle,
Il pourrait devenir jaloux.
Il fait naître l'inquiétude
Que l'absence inspire toujours,
Quand on a conçu l'habitude
De passer avec vous ses jours.

Nous avons le fatal systême
De vous aimer avec ardeur ;
Et nous sommes toujours extrêmes
Trop souvent pour notre malheur:
Souvent ennemies de nous-mêmes,
Quand vous n'usez pas de retour;
Si ce n'est pas là comme on aime,
Qu'appellera-t-on de l'amour.

Si j'avais moins connu ses charmes,
Je ne craindrais pas son pouvoir ;
Il m'a causé bien des allarmes,
En en remplissant le devoir.
Douce amitié, trésor suprême,
Tu fus l'arbitre de mon sort ;
L'on n'est heureux, qu'alors qu'on aime,
Malgré les dangers du remord.

Vous, qui chérissez la mollesse,
En oubliant votre devoir,

Et que le tourbillon sans cesse,
Sait entraîner matin, et soir;
Que la nature fasse entendre
Les accens de sa volupté;
C'est ainsi qu'une mère tendre,
Jouit de la félicité.

AUX DEUX DERNIERES BUCHES

DE MA FALOURDE.

RESTES infortunés de ma seule falourde,
Qu'à regret je vous vois brûler;
Demain, peut-être il me faudra geler?
Hélas! que n'étais-tu plus lourde ..!
Que n'avais-tu plus d'embonpoint?
Mais, que me servent mes cris? tu ne peux les entendre;
Tu vas finir : tu n'es déjà que cendre,
Et les cendres n'entendent point.
Que devenir! comment faire ressource?
Graces au ciel il ne reste pas
Quinze sols au fond de ma bourse,
Pour m'aider contre ton trépas.
Ah! c'est trop supporter un sort intolérable.
Fortune! Déesse exécrable?

Puisque pour moi rien ne peut te toucher :
Pour me venger de ta haine implacable,
Barbare ! .... je vais .... me coucher.

MAXIMES.

I.

Il est certain que la nature n'a pas voulu le malheur de l'homme, et que si les présens de la terre étaient repartis avec une moins épouvantable inégalité, chaque individu n'aurait plus à maudire l'existence ; il jouirait du nécessaire, et ne subirait que les infirmités phisiques auxquelles notre machine est soumise.

II.

Tout principe politique est, ou devient erroné lorsqu'il ne s'accorde pas avec le principe philosophique.

III.

Les sources du plaisir sont aussi vives et encore plus profondes que celles de la douleur.

IV.

La croyance en Dieu ne fait point de malheureux, elle est la boussole de l'honnête homme, et le frain de l'effervescence des coquins.

V.

Ceux qui souhaitent sincèrement du bien aux autres, sont quelquefois plus généreux que ceux qui leur en font.

VI.

Les vicissitudes des choses humaines sont une justice constante de l'être suprême.

VIII.

O! Dieu, je ne te demande pas de rendre bon le méchant, mets-le seulement dans l'impuissance de contrefaire le bon.

VII.

L'habitude du travail conduit à vaincre la douleur du corps, et la récompense de cette victoire est quelquefois le mépris de la mort même.

IX.

Vous distinguez un sot à la facilité avec laquelle il confond les nuances qui distinguent les défauts des vices.

X.

Le bon usage de la richesse est si difficile et si rare, que si j'avais

vingt

vingt ennemis, il y en a dix-neuf que je perdrais infailliblement en les enrichissant à leur discrétion.

XI.

C'est une des plus cruelles perfidies, que d'affecter la bienfaisance, parce que c'est une des plus sures, et des plus secrètes perfidies.

XII.

Si jamais la vanité fit quelque heureux sur la terre, à coup sûr cet heureux-là n'était qu'un sot.

XIII.

La vraie charité ne consiste pas dans l'aumône qu'on offre à un malheureux, mais c'est celle qui nous porte à cacher les défauts d'autrui, ou à les excuser.

XIV.

Pourquoi l'or, ce métal si nécessaire au bonheur des humains, sert-il à avilir celui qui le possède, et à faire mépriser celui qui n'en a pas? C'est pourtant une vérité trop cruelle, que la richesse semble exclure tous les défauts, et que l'infortune donne des torts innombrables.

IMPROMPTU

Fait en société sur quelqu'un qui prétendait qu'on ne devait plus aimer à 30 ans.

Air : *Avec les jeux dans le village.*

C'est à vingt ans que l'on doit plaire,
C'est à trente qu'on sait aimer;
A cinquante ans on dégénère,
A soixante on doit radoter:
Le sentiment est de tout âge,

C'est par lui qu'on doit exister ;
Nous lui devons tous notre hommage:
Heureux qui sait bien l'éprouver.

Le vieux barbon qui nous radote,
A ses plaisirs, a son erreur.
Ne voyons-nous pas la bigote,
Plaire souvent au confesseur ?
Elle croit pourtant à la grace,
Et fait tout en l'honneur de Dieu;
Elle répète la préface
Et fait l'amour au coin du feu.

Si nous allons jusqu'au village,
Y visiter le prieuré,
Nous verrons la servante sage,
Et la nièce du bon curé:
L'une prend soin de la soutanne,
Et l'autre de la basse cour ;
Toutes deux sçavent bâté l'âne.
Chacune le monte à son tour.

Dans la jeunesse, d'ordinaire
L'amour est un amusement ;
Un feu volatil, éphémère,
Qu'un soufle éteint au même instant.
Mais dans un cœur sexagénaire,
Ce dieu met-il un sentiment ?
C'est un volcan, c'est un tonnerre ;
C'est un impétueux torrent.

Nous sommes nés pour la tendresse ;
Sans elle peut-on exister?
On nous reproche une faiblesse,
Toujours facile à pardonner.
A vingt ans on ne sait que plaire,
A trente on sent la volupté;
Et les charmes du caractère,
Valent bien ceux de la beauté.

BOUTS RIMÉS.

Demandés en société par une jolie femme.

Mon cœur s'était fait une .... fête
De t'engager dans une douce .... erreur:
Mais près de toi je ne suis qu'une .... bête,
Il faudrait être un Dieu pour être ton .... vainqueur.

COUPLETS A MA FILLE.

AIR : *O toi qui ne dût jamais naître.*

AIMABLE enfant, que j'ai fait naître
Et que l'amour fit pour charmer,
Qu'avec crainte je vois paraître
L'instant où tu dois t'enflammer.
L'expérience
Seule science,
Qui serve à former un bon choix,
Manque à cet âge,
Où le plus sage
Du plaisir n'entend que la voix. (*bis.*

Oh ! que tu serais fortunée,
Si, pour parvenir au bonheur,
Tu remettais ta destinée
Aux sages conseils de mon cœur.
Mais la jeunesse
De la vieillesse,
Écoute assez peu les avis;
Et pour tout dire,
Dans son délire,
Ne veut que de jeunes amis.

COUPLETS

A la citoyenne de.... qui reprochait à son mari de n'avoir jamais fait de vers pour elle.

AIR : *Je suis Lindor.*

INJUSTEMENT vous vous plaignez, madame,
De n'avoir eu jamais part à mes vers ;
La faute en est à ce siècle pervers,
Qui rit au nez de qui chante sa femme.

Mille couplets vous eussent peints ma flamme ;
Sur tous les tons j'aurais chanté mes feux,
Toujours ma muse eût été dans vos yeux,
Mais.... songez donc... que vous êtes ma femme.

COUPLETS

Aux citoyens du district de St. Jacques-l'hopital, *sur la fête qu'ils ont donnée aux fédérés de Poligny et du Mont-Jura, le 14 juillet, 1790.*

Ici le plaisir nous rassemble ;
La gaîté règne en ce festin,
Et nous allons trinquer ensemble,
Chacun notre verre à la main.
  Que notre heureux emblême
Nous conduise à la volupté,
Répétons le refrain que j'aime,
Vive, vive la liberté.

Chantons nos aimables confrères
De Poligny, du Mont-Jura,
Le serment qui nous rendit frères,
Qui pour jamais nous unira.
  Que de ce jour de gloire
Mon cœur est encore agité !
Gravons au temple de mémoire
Vive, vive la liberté.

Que l'amour de notre patrie
Nous fasse sentir son pouvoir,
Et qu'une douce sympathie
Nous fasse aimer notre devoir.
   Que le noble courage
Nous procure l'égalité.
Nous jouirons de l'avantage
De vivre pour la liberté.

Buvons à vos chères compagnes :
Que ne sont-elles en ces lieux !
Les plaisirs qui nous accompagnent
Brilleraient bien mieux dans nos yeux :
   C'est le miroir de l'ame,
Où se peint notre volupté ;
Nous devons redoubler de flamme,
Pour célébrer la liberté.

A ce sexe rempli de charmes,
Dont nous nous défendons envain,
Amis, il faut rendre les armes ;
Son triomphe est toujours certain.
   Oui, tout doit rendre hommage
A ses attraits, à sa beauté ;
Lorsqu'à son char il nous engage,
Adieu, adieu la liberté.

CONSEILS

A un homme en place.

Que l'humanité bienfaisante
Parle sans cesse à votre cœur ;
Qu'une passion dominante
Ne soit jamais votre vainqueur ;
Mais que l'amour de la patrie,
Comme le maintien de la loi,
Soit la règle de votre vie,
Et votre profession de foi.
Que cette innocence timide
Qui sollicite près de vous,
Trouve dans votre cœur un guide :
Faire le bien, rien n'est si doux.
Que son bonheur soit votre ouvrage;
Vous vous direz à chaque instant :
« La vertu seule à l'avantage,
» Que tout mortel en fasse autant ».

VERS *

Adressés au citoyen alors contrôleur-général, pour obtenir l'établissement d'un mont-de-piété.

QUAND on n'a point d'argent, et
qu'on veut obliger,
N'eût-on qu'un ruban en partage,
On est tenté de le donner.
Nul ne vous aide à soulager;
L'amitié n'est plus en usage.
Par sentiment j'ai contracté des dettes;
Un malheureux souffrait, la pitié fut ma loi:
Pour soulager ses maux, j'engageai mes
cornettes;
Vous auriez fait tout comme moi.
Le tems venu, je vais chez l'usurier perfide,
Qui chèrement me prête son appui:
O trahison! O forfait inouï!
J'apprends que par-delà les colonnes d'Alcide,
Avec mon bien il s'est enfui.
De cet exemple affreux la conséquence
horrible,

En touchant votre cœur, frappera votre
esprit ;
Puisqu'on ne peut avoir de l'argent à
crédit,
En faveur de l'ame sensible,
Qui pour faire du bien engage ses effets;
Vous voudrez qu'un bureau de dépôt vo-
lontaire
Soit dans la France établi désormais.
Je m'intéresse au sort de la misère,
Sans nul détour j'ose me démasquer :
Il me reste du bien à faire,
Mais je n'ai plus de cornette à ris-
quer. (1)

---

(1) *Ces vers furent accueillis ; ils me coûtèrent cent voyages de Versailles, Compiègne et Fontainebleau, et ne me valurent cependant que de l'eau-bénite de cour....*

MES SENTIMENS.

Ce sont ici mes sentimens : j'ai toujours demandé au ciel que mes actions leur fussent conformes. J'ai vu le bien, j'ai toujours desiré faire le bonheur des autres, et me rendre irréprochable ; mais l'on s'égare souvent malgré son cœur et malgré ses lumières. Que mes fautes me soient du moins toujours présentes et toujours odieuses, lorsque je les aurai connues.

Le hazard m'avait fait naître au sein de l'opulence, je pouvais avoir une éducation négligée ; et ce malheur eût été irréparable : mes parens ont plus fait pour moi que la fortune ; ses rigueurs m'ont appris depuis à mériter le prix des talens et de leurs bienfaits. Qu'il est doux

de

de s'instruire, et quel patrimoine que l'éducation !

Quel garant donner de mes sentimens? l'esprit dit souvent ce que le cœur ne sent pas ; j'ai quelquefois vanté les grands, il en est qui m'ont rendu service, et j'ai cru leur devoir un juste encens. Cette classe fut souvent trompée par la flatterie, et bien peu sûre d'être aimée. Qu'il était facile à ces êtres que le hazard avait qualifiés avant le mérite, de faire des heureux, et de se rendre immortels.

Je suis née en France ; c'est au milieu de cette nation que l'on peut apprendre la politesse que l'on vanta toujours en elle, et qu'elle possède en effet. J'ai vu dans ceux qui en font leur étude, un charme inconnu qui porte à les aimer : mais n'est-ce pas être un peu faux que d'être si poli ? j'ai toujours eu peine à définir un extérieur aussi agréable et aussi composé ; mais j'ai senti qu'il n'était pas possible ni nécessaire de faire le même accueil au vice et à la vertu.

Lorsque j'ai vu quelqu'un cité et chéri avec justice, j'ai desiré pouvoir lui ressembler, mais j'ai senti que pour pouvoir parvenir à cette heureuse ressemblance, il fallait d'abord douter d'y parvenir ; la confiance de réussir est dans tous les cas un obstacle à la perfection : le zèle s'affaiblit trop souvent par cette confiance. Nous sommes trop souvent des machines plus ou moins organisées. Il faut, non présumer, mais espérer, il faut se sentir capable de réussir, quand on en a le talent ou la capacité; sans cela on manquerait du courage nécessaire pour surmonter les difficultés de l'étude, et l'on serait indolent, se croyant modeste.

J'ai toujours aimé la lecture, mais j'ai senti que l'on ne devait pas lire tous les livres, qu'on ne saurait trop s'arrêter à une page qui peut apprendre quelque chose, et que tout livre qui n'apprend rien, ou qu'on lit mal, n'est que du papier plié : tout n'est pas bon à savoir et à retenir ; on peut trouver dans un livre parcouru au hazard, des traits dangereux qui ne s'effacent jamais, et peuvent corrompre, toutes les fois qu'on cherche à les oublier.

Il faut un air aisé de se présenter, de dire ce que l'on pense, lorsqu'on est interrogé, de montrer ses talens, quand l'occasion s'en présente : c'est honorer ses maîtres, et les payer de ce qu'on a reçu d'eux, que de savoir se placer sous un jour favorable ; mais je sens aussi qu'il ne faut jamais se prévaloir de ces avantages avec ses amis : les bons esprits plaignent ceux qui sont embarrassés dans leurs manières, et leur donnent le tems d'intéresser par d'autres qualités ; au lieu qu'ils deviennent sévères, et même injustes pour celui qui paraît persuadé qu'il n'a pas besoin de l'indulgence de personne. Ainsi l'un obtient plus qu'il n'a droit d'espérer, et l'autre moins qu'il n'a droit d'attendre.

Je ne m'ennuie jamais que lorsque rien n'affecte mon cœur ou mon esprit ; et je sens que dans l'ennui on est capable de faire et de dire bien des sottises. Je me plais à réfléchir, je sens alors qu'il doit y avoir bien des choses que j'ignore ; mon émulation s'en augmente ; mais combien de fois mon courage s'énerve-t-il, en voyant les talens qui devraient être la plus belle et la plus sûre des ressources, n'être au contraire qu'une carrière sans issue?

Je vois quelquefois repousser des malheureux ! je sens que cette violence part d'un homme qui, dans ses maux, ne doit être plaint de personne : je fouille alors dans ma poche, je console la misère accablée, et ne crois faire que mon devoir ; mais je ne suis pas fortunée !

que ne puis-je accorder plus à mon cœur, en soulageant tous ceux qui souffrent!

J'entends parler quelquefois des femmes avec une audace qui me paraît révoltante : si ceux qui s'expriment ainsi, ont besoin, malgré leur mépris pour elles, de les voir et de les flatter, comme leur assiduité et leurs fadeurs semblent le prouver, il faut les croire bien malheureux, ou bien vils. Ce sexe, dont je fais partie, et que le ciel fit naître pour jouir des plus précieux avantages, est sans cesse opprimé par la médisance et la calomnie : l'une et l'autre accoutumées à juger les actions sans connaître les motifs, se sont fait souvent la loi de condamner sans entendre, et nous devenons leur victime.

Sans doute il est des femmes nées vicieuses par penchant et par habitude ; mais combien en est-il qui furent entraînées par le désespoir où conduit l'infortune ! souvent par les rigueurs de parens injustes et barbares! .... Ne condamnons jamais les autres ; évitons, s'il est possible, ces écueils cruels, auxquels nous sommes sans cesse exposés, soit par la faiblesse de notre cœur, ou par les dangers auxquels nous expose l'infortune.

Il est un dieu qui a créé jusqu'à l'idée que je me fais de lui : son immensité m'environne ; il est partout ; je lui dois tout, et par-tout je dois songer qu'il me voit et m'écoute.... Comment peut-on faire des fautes, en se remplissant de cette pensée ! Cependant j'ai besoin comme une autre de l'indulgence de mon prochain.

LE JOUR DE L'AN.

Au citoyen de...... qui m'a rendu beaucoup de services.

Pendant un mois aux portes du trépas,
Et croyant chaque jour voir finir ma carrière,
Malgré tant de raisons de haïr la lumière,
Je vous avouerai, mais tout bas,
Que pour franchir ce triste pas,
Ma résignation n'était pas bien entière.
Un confesseur, une croix, une bière,
Tout cela ne m'amusait pas;
Et quoique l'existence ait pour moi peu d'appas,
Je l'aimais mieux qu'un cimetière.
Il est vrai que dans ce moment
Un motif beaucoup plus puissant
Me faisait désirer de prolonger ma vie;
Je ne pouvais voir sans envie
Que si près du premier de l'an,
Le cœur le plus reconnaissant
Allait perdre son énergie,

Sans vous montrer encore une fois seulement
Son respect, son attachement,
Et sa gratitude infinie.
Mais par bonheur, la cruelle Atropos
A bien voulu me laisser en repos,
Et fermer son ciseau funeste.
De mes jours quel que soit le reste,
J'en chérirai tous les instans,
Si, parmi tant de complimens
Qu'on va vous prodiguer en cette circonstance,
Vous distinguez les vœux que pour votre bonheur,
La plus vive reconnaissance
Dicte tous les jours à mon cœur.

VERS

Au citoyen de...., sur sa nomination à la mairie.

Si souvent le mot *fausseté*
De celui *compliment* se trouve synonime,
Qu'on ne peut aisément savoir s'il est dicté
Ou par l'usage ou par l'estime.

Vous offrir le mien dans cette conjecture,
C'est vous exposer à l'erreur
De prendre pour la voix du cœur
L'expression de l'imposture.
Je me tais donc, mais à tous les momens
Je bénirai le ciel, qui, veillant sur la France,
Nous donne au moins l'intelligence
De discerner entre cent concurrens
Celui qui par ses mœurs, ses vertus, ses talens,
Est digne de la préférence.

LA VIE HUMAINE.

Faible ouvrage de la nature,
Voyez l'homme en ses premiers ans;
N'est-il pas la vive peinture
Du roseau qu'agitent les vents ?
Son cœur, jouet de l'inconstance,
Ne peut souffrir aucun lien ;
Dans sa paisible indifférence,
Il aime tout, il n'aime rien.

Dans les beaux jours de sa jeunesse,
Vivant au gré de ses désirs,

Plongé dans une aveugle ivresse,
Il veut goûter tous les plaisirs;
De l'amour, du jeu, de la table,
Il est l'esclave tour à tour;
Sa vie est un songe agréable,
Et vingt ans n'ont duré qu'un jour.

Bientôt au midi de sa course,
La fortune éveille son cœur;
Dans elle il croit trouver la source
Du vrai, du solide bonheur.
Toujours trompé dans son attente,
C'est un fantôme qu'il poursuit;
Et tous les projets qu'il enfante,
Un souffle léger les détruit.

Spectacle étonnant de faiblesse,
Succombant sous le moindre effort,
Que fait l'homme dans la vieillesse?
Il végète, il attend la mort.
Pour passer l'atteinte cruelle,
Tous ses soins sont superflus:
Il finit comme une étincelle,
Il cesse de vivre, il n'est plus.

EXTRAIT DE MES MÉMOIRES.

J'ÉTAIS née pour la vertu, le véritable amour, et la tendre amitié: des circonstances trop longues à décrire m'engagèrent trop-tôt pour mon malheur, dans les liens de l'hymenée; je respectai celui qu'on me choisit; je l'aimai, et rien ne put altérer mes sentimens pour lui. La distance énorme de nos âges, fit naître dans son cœur la jalousie, et souvent l'injustice. Je n'en murmurai jamais: la bonne éducation que j'avais reçue, les principes ineffaçables d'une mère tendre et respectable, me firent respecter mes devoirs, et je regardais ce mari comme un maître absolu auquel je me plaisais d'obéir. J'étais simple dans mon langage, et toujours vraie dans mes actions, élégante sans prétentions, parce que la parure était naturelle à mon âge. Je ne jouis pas long-tems de cette prérogative ; un revers de fortune vint tout me ravir, et me laissa presque sans ressource. Quel écueil ! quand on a 18 ans et quelques dons de la nature ! Je fus moins altérée que mon mari, et lui donnai la première le conseil de l'économie et le sacrifice de l'amour-propre? Mon mari privé de la liberté, fût forcé de trouver en moi un second lui-même pour veiller à ses intérêts : que de démarches multipliées, que de dangers auxquels est exposée une solliciteuse de 18 ans. Que de froids égoïstes j'ai rencontrés ! que d'insolens parvenus qui m'ont offert leur service en m'humiliant, ne pouvant m'avilir !...... mère alors de trois enfans, livrée en entier aux soins de mon ménage, combien de titres pour intéresser cette humanité qui devrait caractériser les hommes, au lieu de cette pitié stérile qu'ils savent audacieusement accorder ? J'en ai trouvé bien peu qui fussent généreux par penchant, mais combien en ai-je vu qui ne l'étaient que par vanité, ou par intérêt personnel ?

Je passerai légérement sur les événemens de ma vie, dont la relation entraînerait des détails infinis; je me contenterai d'en tracer ici quelques légères particularités. J'ai osé dire que j'étais née pour la vertu. Oui; j'ose l'attester ? Le sentiment filial me fit faire l'abandon de tous mes avantages; je ne calculai jamais avec l'intérêt; née d'une mère riche, j'abandonnai tout à un père que j'aimerai jusqu'au tombeau. J'ai souffert l'infortune, et souvent même l'abbaissement pour le laisser jouir en paix, et je n'ai jamais pu concevoir comment le ministère d'un huissier pouvait être exercé au mépris des loix de la nature. On ne m'a pas payé de retour : ce père absent depuis six ans m'a enlevé jusqu'à la consolation de recevoir de ses nouvelles ! je ne l'avais pas mérité.

En 1782 je perdis mon mari par une mort subite; des créanciers avides s'emparèrent du peu qui lui restait, ce mari avec lequel j'avais véeu éternellement dans les larmes, ne me laissa que des charges, et des enfans qui ne durent jamais qu'à moi leur existence; je m'étais engagée pour cinquante deux mille livres pour rendre à ce mari la liberté.

J'ai contracté depuis un nouvel engagement, dans lequel j'ai cru trouver le dédomagemment de mes peines passées. Fausse illusion ! mon bonheur ne fut qu'un songe. Sous les apparences de l'amabilité, de la douceur, de l'esprit, et de l'éducation, je n'ai trouvé qu'un cœur faux, gangreué, vicieux par penchant et par habitude, méprisant toutes les loix de l'honneur, et da la délicatesse, parjure envers celles de la nature. Je puis attester à la face de ce Dieu qui nous juge, n'avoir jamais opposé aux plus infâmes procédures, que la douceur, les soins et les sacrifices : on ne pourrait ni les nombrer, ni les concevoir ; le moindre de tous, fut celui de ma liberté, dont je fus privée pendant onze jours, nourissant mon enfant âgé de quatre mois. C'est du fond de cette prison où mon courage ne fut pas altéré un seul instant, que je trouvai le moyen de faire exister cinq enfans, et une vieille gouvernante. Oserai-je ajouter que je partageais avec le plus ingrat des hommes le fruit de mes travaux littéraires, seules ressources que j'eusse en ce moment. Mais pourra-t-on concevoir, que le fruit de mes veilles, et de mes sentimens, devenait le prix dont on payait les charmes d'une maitresse, avec laquelle on s'ennivrait, tandis que je mouillais de mes larmes, mon grabat et mon enfant pressé contre mon sein .....

Je tire le rideau sur le surplus des maux que j'ai soufferts ; nulles expressions ne sauraient les décrire; il est aisé de s'en convaincre, par l'extrait de ce tableau. Liée deux fois par les nœuds de l'himen, et n'ayant éprouvé que des rigueurs et des injustices, poursuivie par les horreurs de l'infortune, abandonnée d'un père qui m'ignore ou veut m'ignorer ; mère de seize enfans nourris de mon sein, ou au prix de mes larmes ; voilà quel fut mon sort. Je ne parlerai pas des pièges que me tendirent la médisance et la calomnie ; elles n'ont jamais épargné personne, et surtout l'honnête médiocrité : je méprise les méchans sans leur vouloir du mal ; la vengeance est au dessous d'une ame comme la mienne ; mes preuves sont faites et connues, je ne dois plus appartenir qu'à ma propre opinion, quand j'ai tout fait pour mériter l'estime générale. Voilà mes sentimens, et ma profession de foi, il existe encore des cœurs honnêtes, ceux-là me jugeront, il n'appartient qu'aux sots à condamner les actions, sans connaître les motifs : heureuse encore si je puis inspirer à mes lecteurs, cet intérêt flatteur qui distingue et qui dédommage des maux attachés à cette pénible vie. Mon exemple peut en servir à ces êtres que le hazard fit naître avec quelques avantages, ou que l'occasion favorisa, et qui loin de se distinguer par un accueil obligeant, semblent se gonfler d'un orgueil méprisable. Je pourrais peut-être gagner à me faire connaître, je garderai l'anonyme pour ménager ceux qui furent les instrumens de mes malheurs.

MIRABELLE,

OU VÉNUS MÉTAMORPHOSÉE EN CHATTE.

CONTE (1).

Un jour, la reine d'Amathonte,
Souvent bizarre dans ses goûts,
Ainsi que nos laïs, oubliant toute honte,
S'amouracha du plus beau des matous.
On sait que quand une déesse
Ouvre son cœur à la tendresse,
Il arrive bien rarement
Qu'elle s'en tienne au sentiment.
Aussi dame Vénus, éprise outre mesure
De certain chat, nommé *Mirabolin*,
Employa tout pour mettre à fin
Cette originale aventure.

---

(1) Cette plaisanterie fut faite à l'occasion d'une dame dont la chatte angora blanche s'appellait Mirabelle, et qu'elle disait toujours que c'était Vénus qui avait pris cette forme pour habiter plus aisément la terre.

Bref, il fut tant et si bien besogné
Par le beau chat et la divine dame,
Que les fruits de leur tendre flamme
Ne purent se cacher au mari refroqué.
Vulcain, qui sur ce cas eut mieux fait de se taire,
Alla, transporté de colère,
Se plaindre au tribunal des dieux.
» Messieurs, dit-il, à tous les yeux
» J'étais déjà cocu, ne vous déplaise ;
» On ne le sait que trop, et chacun à son aise
» Forge sur mon malheur cent contes odieux ;
» Quand j'ai voulu me plaindre, on n'en a fait que rire ;
» Mais le sujet, qui dans ces lieux m'attire
» Exige votre attention.
» Il n'est pas ici question
» D'une simple galanterie :
» Le jeu passe la raillerie,
» Et mérite punition.
» Voici le fait. Mon épouse........ fidelle.....
» Chaste..... modeste..... e *cætera*,
» Vient de me décorer d'une égrette nouvelle,
» De la façon d'un matou d'Angora (2).
» Sans doute, ce forfait vous paraît incroyable ?

---

(2) Ville de Syrie.

» Mais, messieurs, je me donne au diable,
» Si la friponne, devant vous,
» Ose démentir son époux.

Sur ce délit Vénus interrogée,
Faisant un peu la mijorée,
Répondit au seigneur Jupin :
» Il est très vrai que, passant en Syrie,
» J'y vis un soir le beau *Mirabolin* (3) ;
» Je le trouvai charmant; mais croyez, je vous prie,
» Que je n'eus d'abord nul dessein
» Qui pût de mon époux armer la jalousie.
» Ce jour là je m'étais ennuyée à périr.
» Cherchant donc à me divertir,
» Je pris, pour un instant, la forme d'une chatte,
» Aussi belle en tout point qu'il paraissait charmant.
» Bientôt le beau matou me flatte,
» Me peint sa vive ardeur, miaule tendrement....
» Peut-être alors fis-je la même chose,
» Car je ne me souviens de ma métamorphose,
» Qu'après avoir comblé les vœux de mon amant.
» Je vous ai fait, Seigneur, l'aveu de ma faiblesse,

(3) Amant de la chatte.

» Dans la plus stricte vérité,
» Tenez-moi compte, au moins, de ma sincérité,
» Et rappellez pour moi toute votre tendresse.

Telle fut la conclusion
Du plaidoyer de Cithérée.
Déjà presque tout l'empirée
Penchait pour l'absolution,
Lorsque le maître du tonnère,
Les regardant d'un air sévère,
Leur dit : silence ; attention.
Puis, donnant à ses yeux une douceur extrême,
Ma fille, vous savez, dit-il, que je vous aime ;
Mais sur vos torts on ne peut s'abuser ;
Ce dernier trait ne saurait s'excuser ;
Il blesse la nature, et votre essence même.
Voici donc l'immuable arrêt
Que contre vous je prononce à regret.
Des droits et du rang d'immortelle
Je vous prive de ce moment.
Vous resterez sous le déguisement
Qui vous a rendu criminelle.
Mirabolin était le nom de votre amant ?
Vous porterez celui de Mirabelle
Pendant le cours de votre châtiment.
Je pourrais vous traiter plus rigoureusement;

Mais je veux vous donner une preuve
nouvelle
De ma bonté, de mon attachement.

Il est une mortelle aimable,
Dont Minerve forma le cœur.
L'esprit, l'enjouement, la douceur,
Et tout ce qui peut rendre une femme adorable
Se trouve réuni dans cet objet flatteur.
C'est chez elle que je vous place ;
Contribuez à ses plaisirs
En amusant ses innocens loisirs,
Il n'est que ce moyen d'obtenir votre grâce.
A cet arrêt du plus puissant des dieux,
Elle devint la plus belle des chattes ;
Honteuse de se voir marcher à quatre
pattes,
Elle se dépêcha d'abandonner les cieux.

Depuis ce tems auprès de sa maîtresse,
Elle jouit des plus beaux jours :
Se souvenant si peu d'avoir été déesse
Qu'elle semble l'avoir oublié pour toujours.

ENVOI.

Dans cet innocent badinage,
Eglé, je n'ai cherché que votre amusement.
S'il vous divertit un moment,
Je m'en applaudirai comme d'un bel ouvrage.

MONOLOGUE.

Quelle horrible fatalité,
Règla le destin de ma vie ?
N'aurai-je pas un jour qui ne soit agité,
Par un trop vain espoir, ou par la perfidie?
Fortune ! auteur de tous mes maux,
Hélas! presque dès mon enfance,
Tù pris plaisir à troubler mon repos,
Et d'être heureuse enfin, je n'ai plus d'esperance !.
Que me veux-tu? laisse-moi respirer.
Que t'ai-je fait? barbare, quelle offense,

Depuis vingt-ans cesse tu d'exercer ;
N'est-il donc pas de terme à ta vangeance ?

Qu'ai-je oublié pour prouver mon amour ?
Soins assidus, respect, délicatesse,
Et cependant de quel affreux retour,
Vis-je payer ma constante tendresse !
Enfin libre, par mes revers,
Des biens que tu promets j'abhore la chimère,
Et dans un coin dè ce triste univers,
Je demande en repos à finir ma carrière.

VERS

Sur une citoyenne bel esprit, qui avait trouvé dans sa toilette, mille écus, que sa sœur, avec qui elle s'était brouillée, y avait mis sans être apperçue de personne.

Alix dans un besoin urgent
Trouva chez elle une somme d'argent,
(Mille écus ne sont pas bagatelle

Pour qui n'en a que cent de revenus)
D'où cet argent est-il venu ?...
Qui peut me l'envoyer, dit-elle ?....
On le demande envain ; tout le monde se
tait.
« Ne cherchons pas, dit Alix, davantage,
» Je vois maintenant ce que c'est.
» Quelqu'un aura sans doute contrefait
» L'édition de mon dernier ouvrage,
» Et cet argent est le fruit du remord
» Qu'aura senti le personnage,
» De m'avoir fait un pareil tort ».
De votre opinion, madame, je diffère,
Lui répondit son libraire, Bazin,
Cela ne se peut pas, et la preuve en est claire,
Car j'ai depuis dix ans, au fond du magasin,
Votre édition bien entière.

ÉPITRE

A la citoyenne N. qui était en colère contre le médecin de sa mère, parce qu'il ne faisait cas que des anciens.

PESTEZ, criez, mettez-vous en colère
Contre le médecin fameux
Qui, préférant les oncles aux neveux,
A le malheur de vous déplaire ;
Mais il vient de rendre à nos vœux
Votre digne et charmante mère ;
Et quant à moi je consens qu'on préfère
Machaon à Bouvard, quand on me rend heureux :
D'ailleurs qu'en savez-vous? peut-être
Sans ce goût pour l'antiquité,
Dont il vous paraît entêté,
Ce médecin chez vous n'eût pas voulu paraître.
Qui vous a dit qu'au .... il se fût transporté,
Si par hazard il avait pu connaître

Qu'on réclamait ses soins pour vous, jeune beauté,
Qui venez à peine de naître ?
Fi ! donc, vous n'avez pas encor vingt et un ans !
C'est comme un jour. Passe pour la maman,
Qui, touchant à sa soixantaine,
Peut mériter qu'on s'en donne la peine.

Vous me direz, et j'en conviens,
Que soixante ans ne forment pas un âge
Qui puisse donner l'avantage
De figurer parmi les anciens.
A la bonne heure. Mais, madame,
Comme depuis assez long-tems
Ces bonnes gens ont rendu l'ame,
Et qu'à la longue enfin nos chers défunts parens
Paraissent ennuyeux, on voit quelques vivans,
Mais des vivans qui, frisant la vieillesse,
Ont l'air de moins choquer nos goûts.
Voilà pourquoi ce docteur qui vous blesse,
Sauve votre maman, et n'eût rien fait pour vous.
Des anciens qu'il soit donc ivre,
J'y souscris, même sans humeur,
Si les amis qui sont chers à mon cœur,
Par son art peuvent me survivre.

COUPLETS

Au citoyen... le jour de sa fête.

Sur l'air du Barbier de Séville.

CHACUN ici te fête à sa manière :
L'un fait des vers, l'autre apporte un bouquet ;
Moi, qui jamais ne sus faire un couplet,
Je ne dis rien, mais je bois à toi, Pierre.

Je ne connais ni Muses ni Parnasse,
Je n'ai jamais vu le sacré vallon,
Je ne sais pas ce que c'est qu'Apollon,
Mais j'entends bien à vuider une tasse.

Or donc, Pierrot, pour célébrer ta fête,
A ta santé je veux boire amplement ;
Du dieu Bacchus c'était le compliment,
Et ce dieu là, parbleu n'était pas bête.

LE FESTIN DES DIEUX.

A LA NATION FRANÇAISE.

UN jour le souverain des cieux
Invita tous les dieux à boire.
L'on trinqua, l'on fit mainte histoire,
  Chacun pinta de son mieux.
Diane était d'humeur joyeuse;
Momus égayait le propos,
  Cupidon fut le héros
    De la bande amoureuse.

Bacchus échauffa les esprits,
Chacun parla de sa puissance :
Minerve exalta sa prudence,
  Phœbus vanta ses écrits,
Junon l'orgueil de sa naissance,
Mars parla de tout conquérir,
  Amour chanta le plaisir,
    Zéphir l'inconstance.

Vénus, qu'anime le dépit,
Dit qu'à son char tout rend hommage,
Que la nature est son ouvrage,
Que sans elle tout languit,
Que tous les traits que son fils lance,
N'ont de pouvoir que par ses yeux,
Qu'elle doit sur tous les dieux
Avoir la préférence.

Cupidon de fureur bouffi,
« Vous me bravez, dit-il, ma mère,
» Eh bien! redoutez ma colère ;
(On applaudit au défi)
» Vous allez voir une déesse
» Qui mieux que vous sait nous charmer;
» Elle peut tout enflammer,
» Elle seule a notre tendresse,
» Et peut seule vous enivrer ».

Vénus convient de sa défaite,
Si le portrait n'est pas flatté :
Ah! dit l'Amour enchanté ;
« Ma victoire est complette,
» J'offre à vos yeux la LIBERTE.

VERS

A LA CONVENTION NATIONALE.

Un don n'est rien aux yeux du sage,
Son motif seul est tout pour lui.
Dans l'offre que j'ose aujourd'hui,
Vous faire de ce faible ouvrage
Vous reconnaîtrez aisément
Que j'use de la circonstance
Pour vous prouver plus librement
Mon zèle, mon respect, et ma reconnaissance.
Pénétrez-vous de mon malheur,
Agréez ici mes étrennes;
En intéressant votre cœur,
Qu'ai-je à désirer pour les miennes ?

Par votre affectionnée concitoyenne....

TABLE

DES MATIÈRES.

TABLE DES MATIÈRES.

TABLE

Fin de la table.

www.ingramcontent.com/pod-product-compliance
Ingram Content Group UK Ltd.
Pitfield, Milton Keynes, MK11 3LW, UK
UKHW021231230726
13926UKWH00003B/1371